うつしみ

元田裕代
MOTODA Tetsuyo

文芸社

目次

過ぎゆき

ゆるやかに巡りてまはるゴンドラの青き箱より吾子は手を振る

ときをりに風過ぎたれば樟の葉を打つ雨音のとぎれてきこゆ

あかあかとのぼる初日を夜勤明けの白衣のままに佇みて見つ

微かなる響きを持ちて砕けたる樹氷のかけらわが前に落つ

椋鳥の翻りつつ群れ正す青く澄みたる静かなる朝

曇りよりひとときの雪の降りしきる午後の職場に休暇を願ふ

貪欲に遊ばむとする子の機敏われの気力はそがるるごとし

休日の昼すぎてより庭畑にとどめかねたるごとき雨降る

リハビリを受けつつ思ふ二足にて立つ事さへも集中のいる

錦川の洲となるところ芒穂の秀たをやかに揺らぎてまぶし

感覚の乏しき足に靴を履く玄関に身体屈ませながら

寒暖に左右されつつわが歩む術後一年のたぎちはかなく

直接に君の結婚伝ふ時病床の夫いたく喜ぶ

当然の成り行きとして会ふことのありて親しも君が新妻

義妹

義妹の検査入院するきけば言ひがたき不安にはかにおこる

癌すでに全身に及びゐるらしも義妹告知を受けて黙せり

義妹の余命一年といふ医師の声きく弟の傍らにゐて

両下肢のたちまち動かざりしこと低き声にて弟の言ふ

癌末期をわれ知るゆゑに義妹の六十一歳の切実おもふ

抗癌剤決めるためとぞ腸骨の組織抉られ義妹ねむる

からうじて腸内出血止まるらし向かふ車内に受けたる電話

ひとまづは危篤脱する時を得て交替に来てコーヒーを飲む

病状の進行思へば弟の覚悟を如何に支へてゆかむ

常われは眠りしときも身辺に置きて電話に敏感となる

延命か否かを医師に問はれゐてさらされしもののごとき弟

冬の雨降る休日に義妹の肺より水は抜かれしといふ

義妹の心に兆しゐるは何きびしとおもふまでの横顔

麻痺の身を人にゆだねて義妹の心のふるへおもふこの夜は

ホスピスに義妹移りて限りある命を惜しむ縁あるわれら

オカリナの笛をききゐる義妹のかかるやすけさあるを喜ぶ

あるときは几帳面なる弟の食事の介助つつましく見ゆ

たちまちに失はれゆく認知力飲み込むことさへとまどふらしも

極まりし命穏しく見ゆるまで愛してゐると最後の言葉

困ることなきかと問へばなしと言ふただそれだけの短き会話

義妹の飼犬を連れホスピスに来たれば集ふ看護の人ら

たった今看取り終へしと弟の言ふ声をきく職場にわれは

義妹の亡がらに添ひて身じろがぬ弟に声をかけられずをり

否応なく不眠続きし弟のはじけんばかりの反応あはれ

納棺の儀式にかかる二時間の動作目の前に終はらむとする

通夜来し義妹の同僚看護師ら弟の前にながく動かず

通夜客の帰りし後は弟の柩に寄ればわれはしたがふ

火葬待つときの間家族と離りゐて二月の光もどかしく受く

義妹の逝きて不安の消えしかど霜とけし後の地のごとしも

紫のえびねの花を求め来し夜は義妹のまぼろしに会ふ

五月のいのち

介護施設の低きベッドに転落の母慌し入院となる

大腿骨接合手術七日目に母急変の知らせは届く

とりあえず車手配し帰らむと家内動く足かばひつつ

大学より来しとふ医師の説明は母の意識の戻らぬを言ふ

点滴と輸血と酸素吸入と入れ替わり来る看護の人ら

母のベッド囲みて座りゐるわれら誰かが立てばそれぞれが立つ

張りつめし空気一気に吸ひあげて母は逝きたり五月のゆふべ

死亡確認なされるまではひたすらに医師来るを待つ姉弟われら

骨折の手術に母を亡くすとは思ひもよらずくやしさの湧く

弟らの興奮未だをさまらず短く鋭き声の切なし

多臓器不全と書かれし死亡診断書確かめ遺体の母に触れをり

母の死と葬儀の日時細やかに地域の新聞テレビが伝ふ

家内に母の遺骨の前に座す父を後ろに見守るわれら

葬式を経て万福寺の庭に立つ未だ五月の風は冷たし

母逝きし病院の前通るとき言葉なくをりわれと弟

葬儀のこと教へられたる遠き日の母思ひをりわれ術のなく

強張りし足やうやくに引きずりて薄暗き家の玄関開くる

身辺は削がるる如したちまちに夫が逝きて今母が逝く

介護施設の入所楽しと一年の母ありしことせめての救ひ

母居ればこそ帰省する過ぎ行きの心はやりしこと思ひをり

歳晩

十日間の連休喜び訓練に歩まむとする道を思ふも

二メートル程の坂道あきらめて今来し道をわれ引き返す

父らしき人の言葉にしたがひて少女の放つ球いさぎよし

年末の冷たき空気震はせてタイヤ交換の金属の音

夜を込めて降りたる雪の積む庭を見てをり令和二年の晦日

雪解けの未だ乾かぬ道を来て急勾配の坂にとまどふ

大晦日の午すぎ歩む家近き道の斜面の地割れしところ

若き日をふと思はせて受話器より聞こゆる声に力をもらふ

止まりて傍らの水音覗くとき底ひの泥に蜷這ひし跡

朝たけて突風の吹く音をきく生家の裏山ひたすら恋し

昼過ぎのたちまち曇る大晦日窓打つ風に粉雪交じる

新型のコロナウイルス人の世に潮寄するごと近づく気配

この庭に二十年ただだに黙したる梅の木枝が蕾を持てり

厚き雲かき分けて射す冬の日の眩しきまでの一瞬を受く

音たてて突風の吹く晦日の夜令和二年はかく終はりゆく

昼すぎて降る雨風の吹くままに曲線となりめぐりのけぶる

くきやかに白き雲みゆ二階より令和三年の夜空を仰ぐ

独り暮らしの家に子や孫分散をして来る正月令和三年

退けば仕事の充実無からむにさりとて持続の意気込みもなし

好意ある言葉に励むと決めしわれ出来得る限り職場に込めむ

如月から（令和五年）

年末より梅の花咲くわが庭に如月の雨夜を込めてふる

二日早き誕生祝と子の嫁が包みを出だす帰路の車中に

意志つよくもたねば勤務の継続は出来ぬと思ふ如月寒く

休日を増やして継続書類成る職場とわれの落ち着くところ

気になりし若き介護士面談をすればこの頃眠れぬと言ふ

をりをりに声をかけつつ中年の女性職員慣れ行くを待つ

斜向かひ座りて書類に記名待つ夕ぐれ早き面談の後

職員の接遇すなはち挨拶も言葉遣ひもわれに関はる

四百を超える職員入所時に関はりしかどおほよそ忘る

昼近く前を横切り帰り行く夜勤職員の背をみてをり

夕近く二階の窓に音のして風すぎ行けばふと寂しけり

通所者の音楽体操リズム良し自づと事務所に踵をあぐる

この朝永眠されたる入居者の様子聞くとき父を思ひつ

曇りより僅かの光り漏るる朝幾ばくの夢われにもありや

日常 令和

受付に大声きこゆ苦情かと事務所にわれら耳そばだてる

訓練と言へども火災報知機の施設に響くとき身の縮む

コロナ禍にユニット覗くこともなく逝きたる翁の弔電を打つ

ハラスメント禁止規定のあらましを読みつつ時の移りを思ふ

年間の防災訓練計画は男性職員に今日より託す

夫逝き母を看取りて今われは父の危ふき命を見守る

職員の健康診断予診票年齢を伏せ箱に入れ置く

何時にても厨房スタッフ歯切れ良し来客の食事快く受く

老医師は古寺美術全集を寄贈するとぞ断捨離のため

うつ伏して昼の暇に目を閉づる僅かな眠り我を足らしむ

おもいで

紋付袴の父と花嫁姿の母の間に
おさない私が跪く
父母の結婚式を知っていることが
不思議だと思った日
義父であることは知ったけれど
義父は母よりもやさしくて
私は弟たちとも仲良しだった

幼いころのかくれんぼ
私が鬼の時
隠れている弟を見つけないよう

弟が鬼の時
私はすぐに見つかるように

まだ寒い椿の花の咲くころ 子供たちは庭でかくれんぼ
目くばせをして母が通る アッ鬼が来る
見つかりませんように
目を閉じた

負けて悔しい花いちもんめ
勝ってうれしい花いちもんめ
手をつないで前に後ろに
年上の子も年下の子も
みんな不揃いだけれど手をつないだ

おしくらまんじゅう

押されて泣くな
北風の中で子供たちの合言葉
やろうかやろうよ
冷たい風の中で
あたたかい笑顔がいっぱい

声

この世に生きる　そのために
どう生きるかの　目的と
どの母親を　選ぶかを
決めて　誕生するのだと
やがていくつか　岐路に立つ
悩むその時　厳しさの
道を選べばいいのだと
ささやく声は　幻か
それとも　私の阿頼耶識（あらやしき）

あとがき

今から六十年前、私は大分県立竹田高等学校の文芸部に所属しておりました。文化祭に備えて市内の歌人を取材したことがあります。

そのころから三十一文字の短歌に興味を持ちつつ、短歌を作ることもなく、三十代前半になって、やっと短歌を作る機会に恵まれました。

高校を卒業後、看護学校を経て看護の道に進みました。

子育ての時期を除いて約三十年、その後福祉の世界に二十年余り、現在に至っております。

やがて外出ができなくなる時は来るからと、快く短歌会に出席させてくれた亡き夫、夫亡きあと、私の職場への送迎や、生活を支えてくれた弟夫妻、長男と次男夫婦、そして何よりもこの年齢まで、心地よく働かせてくださった健仁会の理事長ご夫妻、統括本部長、そして仕事にかかわっておられる全ての職員の皆様に、心から感謝を申し上げます。
文芸社の高野剛実様とのご縁を頂き、高野様、今泉様お二人には、ご指導、ご配慮いただきましたこと、誠に有難うございました。
近く退職を迎えるにあたって、詩歌集『うつしみ』を上梓いたします。ささやかではありますが、皆様のお目にとめていただくことが出来ましたら嬉しく思います。

著者プロフィール
元田　裕代（もとだ てつよ）
昭和21年２月 大分県生まれ
昭和54年11月 短歌結社「歩道」入会
現在、「歩道」会員
山口県社会福祉法人健仁会看護師長、社会福祉法人健仁会理事

うつしみ

2024年９月15日　初版第１刷発行

著　者　元田 裕代
発行者　瓜谷 綱延
発行所　株式会社文芸社
〒160-0022 東京都新宿区新宿1－10－1
電話 03-5369-3060（代表）
03-5369-2299（販売）

印刷所　TOPPANクロレ株式会社

ISBN978-4-286-25657-3